工場

奥村知世

新鋭短歌

工場＊もくじ

工場

作業着の色

かばん抱きもしくは空気を抱えつつ通勤電車に男ら眠る

東京の空気は徐々に漏れだして郊外へ行く各駅停車

京葉は京浜よりものんびりとガスタンクたちも穏やかな顔

白黒の足跡残る事務所前カーボンの黒やチタンの白の

先芯が鉄から樹脂へ替えられて安全靴はやや軽くなる

夏用の作業着の下をたらたらと流れる汗になる水を飲む

鈍色のスクリューパーツをひとつずつブラシでこする子の歯のように

女でも背中に腰に汗をかくごまかしきかぬ作業着の色

昼休み防塵マスクのゴムの跡くっきりさせて社食へ向かう

女の手は軍手をはめても女の手テストピースが固くて切れず

銅像のごとくスクリュー光らせる防錆剤で隅まで拭いて

実験室の壁にこぶしの跡があり悔しい時にそっと重ねる

軍手越しに触れて昇温確かめる子どもの額に手をやるように

フレコン

昼休みのフォークリフトは爪降ろし小さな日陰に休憩をする
逢い引きをいつか誰かがするだろう工場の隅の廃材置き場

部署ごとに廃材置き場の置き方の微妙に違う美意識を持つ

工場のしっぽのエノコロ草たちが排気ダクトの風にたなびく

倉庫にも枯れ葉つぎつぎ舞いこんでフォークリフトがかしゃかしゃと踏む

冬用の作業着にする袖口に去年の汚れは落ちないままに

危険物保安講習目立つから女性は居眠りするなと言われ

労災の死者の性別記されず兵士の死亡のニュースのごとく

ミドリ安全帯電防止防寒着「男の冬に！」の袋を破る

軍手にはピンクと黄色と青があり女性の数だけ置かれるピンク

「長い毛は縛る」が新たに追加され実験規定の版改まる

即席の聖域としてクレーンの作業エリアの赤白ロープ

内臓のようなドレンを蹴飛ばせばカラカラ滑ってコツンと止まる

妻と子の家を実家と呼びながら単身赴任の課長が帰る

階段の手すりは必ず持つルール軍手で握る冷たい手すり

フレコンの口を開ければきらきらと昨夜の雨のしずくがおちる

チーチーと倉庫に鳥の声がして扉を開けたままに立ち去る

安全靴

油圧式フォークリフトはカクカクと冬の寝起きのオイルはかたい

すり減った安全靴は最後まで私の足を守る気でいる

秋からは付箋がほとんどなくなった退職近づく部長の手帳

安全靴回収用の錆びついたドラムの蓋を軍手で開ける

工場にオフィスグリコがやってきて通りすがりにみんながのぞく

製造課に若手社員が増えてきてジュースの売れ行きのびる自販機

工場の銀河を進む宇宙船フォークリフトで夜道を走る

量産型ＯＬとしてごくたまに作業着を脱ぎ本社へと行く

スクリーンが微風に揺れて来年度の波打っている予算のグラフ

魔法瓶その中だけが温かい本社の部屋に背広が並ぶ

カチカチと雪降るようにクリックが午後の静かな会議に積もる

威圧感の低いフォントが選ばれて映されてゆく部長の訓示

鉄の音

ひさびさにトリートメントした髪を異性に対する手つきで撫でる

GABAチョコは部下の前では食べにくい出してやっぱり鞄にしまう

夕暮れの小島新田高架下貨物列車は鉄の音がする

赤ん坊を抱えるようにパソコンを抱えて帰る雨の降る夜

工場の凍結対策解除基準満たして冬が過ぎ去ってゆく

年度末部下と面談するときの上座の自分にまだなじまない

男らの血管のように配管が浮き出る黄昏時の工場

たくさんの部品を産んだ金型を終業前に念入りに拭く

工場の道路に花びら降り積もりフォークリフトの轍がのびる

配管が日差しにゆるみぴしぴしと金属が鳴るあくびのように

花びらは排水ピットにこぼれおち金網の下でしばしたゆたう

作業着と缶チューハイが楽しげにロングシートに座る金曜

中国工場生産立会

「日本から女性が来るのは初めて」と言われた後に歳を聞かれる

客として社食に行けばもてなしの人より骨が多めの肉を

円卓に鳩の丸焼き頭だけころころ残り夕餉が終わる

３Ｌのズボン

近づけばよりひかれあう寂しさはファンデルワールス力の正体

はるかなる水平線を切り取って実験台に置くメニスカス

神の目はどの波長まで見えるのかX線を当てつつ思う

平行の蛍光灯に照らされて交わることのない会議室

ある覚悟静かに示すヘルメット血液型を大きく書いて

「妊娠の超初期症状」Google に打ち込んでしばし待つ昼休み

3Lのズボンの裾をまるめ上げマタニティー用作業着とする

へその緒を切られた後は父親の扶養家族の枠に入る子

病室の窓から見ればいちめんにきらめく明かり残業のビル

目的地はここかもしれない救急車サイレンの音が闇夜に響く

一日に二十グラムは育つという大さじ一杯よりも多めに

寝ることと死ぬことの差がわからずに子どもは眠りと夜を怖がる

産休と育休の二人ランチするオレンジジュースはすぐ空になり

二人目は無理ですという後輩をきっとこいつは産むなと思う

小湊線

復職の日の近づいて真っ白な手帳に「復」と細い字で書く

保育園初日のお迎え背景にまだなじまない輪郭がある

目覚ましの最後の履歴は午前二時授乳するため起きていた春

化粧した母を一瞥した後に息子は粥をふたたび食べる

黒服の男ぞくぞく降りてゆき工業地帯に入る快速

植えるべく田んぼに水は満たされて小湊線と青空映す

缶コーヒーをどこかでだれかが開ける音会社の机でひさびさに聞く

途中駅の名前の響きの異物感やがて路線図よみがえりくる

打ち合わせ三十分を二日目のハイライトとしてパソコン閉じる

エアバッグが頭の中で次々に開いて眠れぬ夜の圧力

しっかりと命の気配を消しておくランチに添える固茹で卵

保育園のにおいする子を風呂に入れ家のにおいにさせて眠らす

寝る前に夫がいつもすわるから朝のソファは夫の形

きっと他人であった

涙する少女もよくあるものとして人の流れる病院ロビー

エレベーター上に向かって行くわたし隣は地下のボタン押す人

死にゆく子にも触れたであろう大きな手　医師はやさしく息子にさわる

ピカチュウにバイキンマンにジバニャンを従え歩く若い看護師

「目標は社会復帰」と入院のパンフレットの最終ページ

先生は毎日夕方回診しピエロは月に二度やってくる

親たちはいつも静かに待っている椅子がならんだ小児病棟

眠る子の点滴の管の透明に血が逆流し赤い筋引く

入院に慣れた隣の母親は本を片手に無言で過ごす

手の甲の点滴の跡退院の二日後にまだぽちりと残る

本に飽きスマホに飽きて夕暮れのゲリラ豪雨の水を眺める

ベランダの排水口がたぷとぷとアフリカあたりの楽器の音色

美しき水の循環　秋雨の朝にオムツを丸めて捨てる

ガスコンロに並べて焼かれるサンマたち海ではきっと他人であった

シャボン玉

背伸びして九十センチの目に映る山手線の車窓のひかり

武者震いのように震えてイルカらは水面に落ちる一瞬を浮く

水槽に死んだ魚が浮いている展示ではなく残飯として

ベランダで息子が作るシャボン玉息子の息を遠くに運ぶ

安らかに緑の光絶やさずに午前二時深く眠れるルンバ

綿あめを巻き取るように北風をくるりくるりと絡める風車

埋めたならそろそろ取り出す頃合いになっているかもタイムカプセル

二人目がなぜ欲しいのと問う人のメールを未読の設定にする

共通の設備で生産していますあなたの兄のこの二歳児と

妊婦とは全員女ぞろぞろと水天宮の安産祈願

十五分刻みの祈禱日本の神は時間に正確である

運勢は旧姓よりもいいらしい普段使わぬわが戸籍名

ジャコメッティ展

まなざしは生者と死者をわけるもの顔ばかり濃いデッサンの線

人間が小さく細く長くなり墓碑のごとくにあちこち刺さる

無影灯

国会図書館

善良で無力ですという顔をして外務省ビルの前を過ぎゆく

白昼の的にも見える解像度低い国会議事堂の屋根

ここにしかない本たちが眠る場所宮殿のようで病院のようで

文字を書くために文字読む職業に憧れながら図書館を出る

＊

入院の前にやることと借りてきた本を読み切り返却すること

手首へとバーコード付のタグをはめ身体は管理の対象となる

できるのはそわそわすることだけと言う夫に水を買いに行かせる

手術室で記念撮影あるらしくカメラを事前に手渡しておく

つながった点滴のぶん肉体が拡張していて扉が狭い

「絶好のお産日和」と言われおり手術室には窓がないけど

麻酔まえ最後の胎動ひとつあり今から産まれるとも知らないで

ディズニーのBGMと心電図電子音鳴り出産進む

まさに腹を切られつつ交わす会話なり「お名前はもう決まりましたか？」

肉体が肉体とおりゆく音を聞いて胎児は光に出会う

子の影をはじめて作る無影灯長男次男は手術で生まれ

女医たちは腹を縫いつつそれぞれの夫の話や子どもの話

手術時間カウントされて一時間十五分にて終わる出産

ユーラシア

プラレールの青い線路は分岐して静脈になり子を取り囲む

絵本ではカラスは子どもに乳をやる乳首は二つついてるらしい

胴体を丸ごと震わせ泣いている兄弟ビオラとバイオリンのごと

パタパタと手足動かすみどりごは糸の見えない神の人形

業務用メールボックス返信の必要がないメールで埋まる

絶え間ない昼夜の果て真っ白なカレンダーに書く「四ヶ月検診」

小児科医は詩人のように慎重に子にも母にも言葉を探す

母子とは時々こわれものになる「無料カウンセリング」の張り紙

今日もまたゴジラは上陸しているか布団の中で思うレイトショー

蒙古斑はユーラシアのごとひろびろと息子のお尻はおすわりを知る

太陽を抱えるように

太陽を抱えるように二歳児は水風船を両手で運ぶ

夕暮れの砂場を掘れば少しずつ獣の手足になる息子たち

赤系のボトルが多い抗加齢基礎化粧品もみじのように

溶けてゆくバブを時々湯から出しバブの悲鳴やため息を聞く

地球とは丸いらしいと思いつつバランスボールに背中を伸ばす

妖怪の住む場所さえもないような四角く白いマンションに寝る

私にも子がおりましてと積立のセールスウーマン口角上げる

スリッパが私の分だけ傷みゆく主婦とは主に家にいるもの

ひとつずつ服を絞れば古代から女がやった動きと思う

嘘という臨時記号よ二歳児の言葉のしらべに黒鍵混じる

花びらが詰まって息ができないと春の人魚は波打ち際に

暗闇の回送電車は都会型幽霊たちの交通機関

地平線に眠るごとくに母の腹にうつぶせになり息子は眠る

神様のレゴ

羊水に泳ぐ夢でも見ているか寝起きの次男の額は湿り

ただバスに乗るためだけにバスに乗る循環バスに日曜を乗せ

まばたきの分だけ私より長く世界を見ている私のメガネ

父親のみ「不存在」という項もあり保育申請理由記入書

家庭から会社へ揺れるそのはざま誰とも他人でいたい快速

パレットを並べた芝生の隙間からぽつりぽつりとタンポポが咲く

神様のレゴのごとくにコンテナは湾岸地区に積み上げられる

工場の緑化規定の森の中うさぎの目撃情報を聞く

作業着と安全靴に挟まれて靴下だけはそれぞれの色

「大盛！」と三人続けて声響く年度始めの社員食堂

遊休のポンプに葉っぱが乗っている夜にはきっと狸に化ける

シャカシャカと足音が鳴る作業着は私の小さな勤労の歌

脚を一本

一瞬の孕みもあって会議室の黒く重たいカーテンに風

自動車の服ばかり着る息子らは道路だ、　とても短い私道

教材として触られてカブトムシ脚を一本どこかに落とす

夫よりルンバに多く話しかけ掃除の出来など夕べに誉める

一輪のラナンキュラスという語彙を息子らと買う四百円で

うぶ毛剃る一瞬指輪ははずされて誰も見ぬまままたはめられる

フライパンにバター落として溶けるまでふと長くなる十月の朝

あちこちが AEON になってゆくように私の暮らしに夫がなじむ

忘れ物を私の中にしたような顔で息子が近づいてくる

哺乳瓶をガラスごみへと捨てる朝　走馬灯とはほんの一瞬

木製パレット

わが家にも無数の電子軌道あり子は昼寝する素知らぬ顔で

金型の昇温時間長くなり実験室の季節が変わる

秋雨に濡れて濃くなる木の色の木製パレット出荷されゆく

母艦とは確かに母だわけもなく私の膝に座って去る子

ガリガリとコーンフレーク噛む息子暴力は主に男が担う

口紅は濃いめのものを塗りつけてこの出張は憂鬱である

本当は螺旋を描き少しずつ海の方へと行く観覧車

東京が子の育ちゆく街であるマンションの棚に置く鏡餅

ぎっしりと飲食物が詰め込まれ神棚のごと元旦のコンビニ

花柄の生理ナプキンひとつ落ち初詣の列じわじわ進む

むんむんと発電さえもできそうな厄年集まる神田明神

年表の最初に帝王切開で産まれたと書かれ谷川俊太郎

グラフェンをはがす痛みにしいしいと息を漏らして鉛筆すべる

女同士で座れば隙間という余裕内房線の二人掛け席

薄いほほえみ

トラックが轍を作るアスファルト工場地帯の道は波打つ

自宅での skype 会議の声は漏れ夫はきっとひややかな部下

カラマーゾフを読みつつ思う三人目産んでもやはり男だろうか

マトリョーシカと思えばこけし何ものも生まぬこけしの薄いほほえみ

ヘルメットはドリンクホルダに吊されてバスが揺れれば少しふるえる

男は黒わたしは白の腰ベルトそれぞれ巻いて荷袋運ぶ

プレハブの女子更衣室に女子トイレ暗い個室に便座はピンク

発電所、樹脂工場にパン工場　煙がすべて南へなびく

車椅子、松葉杖らと譲り合いベビーカー押す上野の駅を

吐瀉物にまみれ「抱っこ」と泣く息子どちらかといえば理性にて抱く

自営業かそれとも産休育休か子が十匹のネズミの絵本

母鶏は怒るだろうかうっかりと落としてしまった卵をぬぐう

息子に羽がなくて良かった鬣《たてがみ》もないのにいつもどこかへ駆ける

結び方とりどりにありこの春はトレンチコートの紐に目がいく

投げられた花びらはすぐ掃除され花だけを吸う掃除機がある

ご安全に

カレンダー夏にかわってざぶざぶと会議室でもペンギン泳ぐ

さわやかな美女が微笑むポスターが西日に光るご安全にと

毒キノコのごと赤々と盛り上がりどの装置にも非常停止ボタン

朝会の新入社員の滑舌を切り花のような鮮度と思う

異動前夜暗闇の中でいつまでも夫はスマホをいじり続ける

post card

恐れ入りますが、切手をお貼りください

810-0041

福岡市中央区大名2-8-18
天神パークビル501

書肆侃侃房 行

□ご意見・ご感想などございましたらお願いします。

※書肆侃侃房のホームページやチラシ、帯などでご紹介させていただくことがあります。
不可の場合は、こちらにチェックをお願いします。→□　※実名は使用しません。

書肆侃侃房　http://www.kankanbou.com　info@kankanbou.com

■愛読者カード

このはがきを当社への通信あるいは当社発刊本のご注文にご利用ください。

□ご購入いただいた本のタイトルは？

□お買い上げ書店またはネット書店

□本書をどこでお知りになりましたか？

01書店で見て　02ネット書店で見て　03書肆侃侃房のホームページで
04著者のすすめ　05知人のすすめ　06新聞を見て（　　　　新聞）
07テレビを見て（　　　　）　08ラジオを聞いて（　　　　）
09雑誌を見て（　　　　）　10その他（　　　　）

フリガナ
お名前　　　　男・女

ご住所　〒

TEL（　　）　　　FAX（　　）

ご職業　　　　年齢　　歳

□注文申込書

このはがきでご注文いただいた方は、**送料をサービス**させていただきます。
※本の代金のお支払いは、郵便振替用紙を同封しますので、本の到着後１週間以内にお振込みください。
銀行振込みも可能です。

本のタイトル	冊
本のタイトル	冊
本のタイトル	冊

合計冊数　　冊

ありがとうございました。ご記入いただいた情報は、ご注文本の発送に限り利用させていただきます。

パレードの山車で手を振る姫たちのスカートの中の安全ベルト

行列の間の家族の過ごしかた低刺激性の話題を選ぶ

ディズニーのジャングルの川を行く船に塩素のにおいのする波が立つ

混沌の原始の宇宙　水面を埋めてたゆたう水風船は

袋から金魚こぼした長男が泣けばにわかに夕立が来る

金魚鉢の底に静かな夜の金魚まぶたなければ表情はなく

ようやくに名前をつけた翌朝に金魚一匹水面に浮かぶ

この部屋の命の数はひとつ減る名前とともに捨てる亡骸

重心

四歳の鬼が隠れるかくれんぼ鬼を探して母がさまよう

ブラブラと荷物ぶら下げ重心が子供ではないベビーカー押す

触角は二本長くて常に揺れ音符が散らばるような虫かご

鈴虫を愛でる息子は公園で無意味に蟻をつぶして殺す

千葉県の東方沖から揺れは来て鈴虫ぴたりと鳴くのをやめる

七五三

着物やら写真やらへの代金も神への気持ちということにする

とりどりに晴れ着の子らが散らばって宝探しのような境内

父親が祈禱に付き添うならわしの一組だけは母親がいた

ひとさじの試薬

子を抱いて眠った腕で真昼間はモーターを抱きケーブルを抱く

実験の組成の相談ひとさじの試薬を砂金のごとくにすくう

ひそやかに温湿度計ふるわせて私の吐く息課長の吐く息

二十三℃に保たれている試験室理想を語るにはやや寒い

中和してそっと温もる試験管少し長めに手のひら添える

デュワー瓶に液体窒素を波打たせ真理は発見されるのを待つ

科学者とポスターひしめく飛行機の最終便で学会へ行く

知り合いにたぶん会うから東横インの朝食の前に口紅を塗る

座長ゆえ見知らぬ人を先生と呼んで静かに略歴を読む

若い頃作った理論や化合物　初恋を語るような口調で

最終日みやげ物屋を学会の顔したままでうろつく教授

女性用更衣室

製造所大運動会

妻と子を職場に紹介する行事、私も夫と子を連れて行く

職場では旧姓使用　家族とは違う名字のゼッケン付ける

マンモスが絶滅しても男らは誰が一番速いか競う

大玉が転がってくる　押している息子が見えない角度のビデオ

フォークリフト運転技能講習

「女性用更衣室あり」は売り文句講習場をネットで探す

幽霊に講義するごと淡々と初老の講師の汚れぬ作業着

ゆらゆらとプレハブ揺れるお隣のクレーン講習始まるたびに

一トンの四角く黒い模擬荷物　人間ひとりが入れるほどの

寒空の喫煙所には続々と男ばかりが集まってゆく

女子トイレ一つしかなくかち合えば会釈をしつつ手早くすます

教習所のはたらくくるまは模擬荷物積んで降ろしてどこにもゆかず

指差呼称　教官の「ヨシ」はよく響く特に子音が職業的に

汚れの形

工場の季節を測る煙突の影はこのごろ昼でも長い

髪の毛にヘルメットの跡くっきりと後輩は今日ノーメイクの日

ざらざらと転倒防止の床面が安全靴の底削りゆく

眼鏡の上に安全眼鏡どちらかのレンズが汚れ視界がくもる

人間の腑分けのごとくモーターを構成部品に解体しゆく

撤退のプラント跡地ぽっかりと黒い穴あくGoogle Earth

食堂の入り口に置くヘルメットそれぞれ違う汚れの形

工場にラジオ体操鳴り響く十五時の背中ぽきぽきと鳴る

金型を離れるときに少しだけしなって樹脂は落下してゆく

展示会「研究職」の札下げてなるべく老けて見える化粧で

育休を取りますと言う男たち流れて消えるFacebookに

尻に敷くバランスボールの中にある二十代だった頃の空気が

Sサイズ

新年度夫は出世したらしくパソコンごしに部下を励ます

女子社員増えて軍手のSサイズ在庫の数を増やしてもらう

煙突の影の桜は五日ほど遅れて花びらこぼし始める

ヒーローになった息子がまず倒す父親母親そして弟

日比谷線が南千住へ抜けてゆくような明るさ子供の進級

三本の白髪を含むハチミツの香りの髪を乾かし眠る

春泥に汚した靴を玄関に四足並べ暖かい夜

「簡単な感電体験」含まれる工場電気安全教育

感電の説明動画　鳥たちと対比されつつ人は倒れる

作業着を脱いでスーツを着る朝の少しこわばる職長の顔

私だけ部下を持たない組織図は北極のような空白がある

オスメスと言わないように注意されカプラーを挿すかちゃりと鳴らし
プラントを小さく模した試験機を開けては閉める巨人のように
サンプルを一万倍に拡大し肌に触れ得ぬ凹凸を見る

「育休」と名簿に斜線は引かれつつ斜線のままの後輩がいる

工事許可証

Ａ４の工事許可証一枚で運び込まれる百本の鉄

工事用足場が牢屋のごと囲むこれから撤去されゆく機械

「責任者・現場立会」旧姓のままの印鑑まっすぐに押す

私から書類を受け取る作業者のみな私より背丈が高い

歩くたび腰に吊した工具らがカチャカチャ鳴らす現場の音符

ちぎりつつ赤テープ貼る送電をこれから止める目印として

三人でヨシと指差呼称してメインブレーカーばちんと落とす

動脈のケーブルの離線完了し看取りのごとく軍手で触れる

防炎布をぐるりと巡らせ神聖な儀式のごとくサンダー鳴らす

男らが磨き続けたスクリューは解体されて鉄くずとなる

耳栓の刺さる深さが違う耳並んで進む解体工事

男の身体

捨てるため潰したボトルがゴミ箱の中でペコッと何回か鳴る

プラレールの速度は車体にはよらず電池が決めるという運命論

運転手か電車か神かプラレール眺める息子の視点を知らず

定刻を取り戻すため追いすがる獣のように走る快速

神の吐いたスイカの種の数ほどにまばらに黒い昼の歩行者

噴水に子どもが次々入りゆく夏に捧げる供物のように

兄弟を濡らしてかえる帰り道二つの濡れたつむじが歩く

荒ぶれる神が宇宙を揺らすごと水風船を息子はゆらす

ゆで卵つるりと剝けないものばかり月もおそらくこんなでこぼこ

レゴに住むレゴの男女は頭頂にひとつずつ持つレゴの凸部を

子がレゴで作った家は入口がどこにもなくて闇だけが住む

週末にルンバのゴミを捨てるときレゴの男の身体が混ざる

猫飼う予定

パークサイドマンション常に従える都会の公園どこへいっても

つつかれても丸くならないだんご虫公園の影の濃い方へ行く

ヒーローの頭の部分をかたどったボールを投げたり蹴ったり遊ぶ

バスツアーに息子の席を買ってやり子は有料の存在となる

五年後に猫飼う予定の人生を商社の男は飲み屋に語る

どんぐりが通貨単位の商店に息子から買う虫の死骸を

からからに乾いた死骸いろいろと濡れて息子は生まれてきたが

豚肉と牛肉を買うオスメスの表示は特にされない肉を

抵抗をしない鳩

抵抗をしない鳩だけ見極めて砂場の端まで子は追いかける

公園のよその子にまで優しい親のベビーカーには荷物が多い

通勤に眠る時間の増えてゆく冬でも裸の脱毛広告

口づけをするイメージで社員証を優しく当ててゲートを閉じる

会議中こまめに水を飲んでいる後輩はまだ授乳している

内勤の時とは化粧を変えてからスーツに着替え出張に行く

三つとも黒のリフィルに差し替えた三色ボールペンを部下が刺す

サラリーマンを卵のように並べつつ飛行機揺れる水曜の朝

空港のリムジンバスは七割が東京の呼気に満たされている
プレゼンを終えてはがしたポスターを丸めて武器のように手に持つ

小さな水面

労災が起きた建屋は他よりも大きめのものを吊る注連飾り

神棚に頭を垂れる作業着の息の白さの濃く薄く濃く

パッキンがギュッと鳴るまで蓋しめて鞄に入れる小さな水面

コンビニの袋を鳴らす昼過ぎに課長の体に入るおにぎり

ユニクロの中でも楽な服を着て内房線で通勤をする

実験と会議重なることが増え装置予約のキャンセル続く

スクリューを三人で磨く男たち男同士の話をしつつ

昇温

ひと月ぶりにバルブ開けばからっぽの配管に水が満ちてゆく音

きらきらと樹脂に練り込む無機物の舞って私へゆっくり刺さる

夏の陽に固く輝く水面へとコンテナ船はゆっくり進む

処女地とはもはや言わない開けたてのペレット袋に突っ込むショベル

作業着のままで激しく顔洗う襟元胸元色変わるまで

フレコンに蟬の死骸が乗っていて軍手でつかめば軍手に絡む

漬け物を社食で多めに食べておくこれから汗をかく午後のため

昇温の早い遅いは個性としヒーターに対し寛容になる

内線に「今は現場」とモーターの音にかぶせて叫んで返す

解説　「今は現場」の人

藤島秀憲

本歌集の舞台は二つに分かれる。一つは工場、一つは家庭。だから登場人物は工場の人々、夫と子ども、そして自分（作者自身）である。

自分は本歌集の重要な登場人物だ。加えて語り手でもある。自分が存在している舞台の様子を読者に向かって語る。要は、工場の中に居る自分が歌うのではなく、工場の中に居る自分を歌っている。その歌い方は家庭であっても同じだ。家庭の中に居る自分が歌うのではなく、妻として母として家庭の中に居る自分を歌っている。

自分との距離を保ちながら歌っていると言い換えても良い。同じように、工場の人々を至近距離に置くこともないし、夫や子どもを抱き寄せて歌うようなことはしない。常に一定の距離を保っている。冷静なまでに客観的である。

感情を表わす言葉が生な形で表白されるようなことはない。客観というフィルターで濾過してから読者に差し出される。すなわち自分が直面している場面を描き出すことによって感情を表わす。言葉で表現している我々が感情を直接言い表さないというのは実に難しい。かなしい、くやしい、うれしいとストレートに言いたくなるのが人間の常である。

しかし、ストレートな感情は読者に届かず、詩を生み出さないことを我々は知っている。だから感情を表わさないように抑制するのだが、そのとき大いに役立つのが知性である。生な感情はいつも湿っぽい。だけど知性に抑制された感情は乾いている。知性には除湿効果がある。

奥村知世の作品はドライな風が流れている。ウエットな風は吹かない。湿度の低さが奥村短歌の特徴である。

昼休み防塵マスクのゴムの跡くっきりさせて社食へ向かう
「妊娠の超初期症状」Googleに打ち込んでしばし待つ昼休み
できるのはそわそわすることだけと言う夫に水を買いに行かせる
化粧した母を一瞥した後に息子は粥をふたたび食べる

一首目、鏡を見るまでもなく、肌の感覚でゴムの跡がついていることはわかるものだ。だが、それ以上に「工場の中にいる自分を歌っている」からゴム跡に焦点を当てることができた。ゴム跡を受ける動詞が「させて」。前向きである。恥ずかしさは感じずに、労働の証として誇らしげでもある。それは工場内の社食だから認められる証であって、工場から一歩踏み出せば、恥ずかしさの対象になるはず。工場内だから通じる感覚が「させて」にはある。

工場の中では普通の出来事や感覚が、短歌作品として差し出されるとき、工場という帰属先がある作者を妙に羨ましく感じてしまう。働く場所がある、そして歌うべき場所がある作者だ。このことが不安定な時代においては稀有な出来事のように思えてくる。

二首目、私も「妊娠の超初期症状」を検索してみたのだが、結果が出るまでは一秒程度。だから実際には「しばし待つ」ことはない。「しばし待つ」のは気分の問題。今、出産できるのだろうかと家族や仕事のことに思いを巡らす時間が「しばし」。迷う自分の姿を客観的に歌う。「しばし」は決して客観的な言葉ではなく、曖昧な言葉に属するのだが、一秒・二秒といった具体的な数詞では逆に嘘っぽくなる。この歌で出来る最大限の客観表現が「しばし」であった。

三首目は出産の場面。夫の言うことはもっともだし、「だったら水でも買って来て」と作者が言うのももっともだ。緊迫した中の緩んだ一瞬を上手く掬い取っている。自分が歌うのではなく自分を歌う手法が、出産の場面でも鮮やかに活かされている。四首目は育児休業が明けて、久しぶりの出勤。やはり自分が歌っているのではなく、自分を歌っている。天井にカメラが仕掛けられているような歌い方だ。化粧しても家に居るうちはまだ母なのに、息子は食べることに夢中。「それはちょっと冷たくない」と一瞥しただけの息子に言いたげな母である。

睡蓮の円錐形の蕾浮く池にざぶざぶ鍬洗ふなり　　石川不二子『牧歌』

のびあがりあかき罌粟咲く、身をせめて切なきことをわれは歌はぬ鈍色のスクリューパーツをひとつずつブラシでこする子の歯のように　奥村知世『工場』
女でも背中に腰に汗をかくごまかしきかぬ作業着の色

石川不二子は一九三三年に生まれ、二〇二〇年に亡くなった。十七歳にして「心の花」に入会し、佐佐木信綱に師事した。岡山県で農業・牧畜業に従事しながら、仕事を歌い、生活を歌った。二〇〇九年には第九歌集『ゆきあひの空』によって迢空賞を受賞している。

奥村は石川不二子をよく読んでいるとのこと。自分が目指すべき作品世界を「心の花」の先輩歌人に見出したのであろう。仕事と子育てに全身でぶつかって行って、全身で歌うところが似ている。しかしそれが単なる体当たりでないところも共通する。知性にコントロールされることにより感情が生な形で剥き出しになることはない。体当たりした現実が常に健全な形で具体的な場面によって読者に差し出される。

ただ二つ違う点がある。石川の感情は知性によって完全にコントロールされなかった。対して奥村の感情は今のところ知性に支配されているということ。これが一つ目の違う点である。そのことを端的に感じるのは、掲出歌のうち石川の「睡蓮の円錐形の」と奥村の「鈍色のスクリューパーツ」を比べるときだ。石川は「ざぶざぶ」とオノマトペを通じて臨場感を出す。このオノマトペは知性に抑圧されていない労働のあとの充実感が紡ぎ出した音である。しかし、奥村は「子の歯のように」と比喩を使い臨場感を生む。あくまでも知性で充実感を処理しようとしている。

石川の「のびあがり赤き罌粟咲く」は石川短歌の特質を自らが宣言している歌である。「身をせめて切なきこと」を表現することこそ文学であるとする風潮への反論でもあった。一方、奥村の「女でも背中に」。この歌には身をせめるというよりも、身を切る感覚がある。身を切って、作業着に汗が染みてしまう切なさを歌っている。切なさを隠した石川と隠さない奥村。これが二つ目の違う点である。ここで感じる切なさは、いわば男の世界であった工場に進出した女性が直面する、男だから女だからの根強い偏見と差別が根源にある。

ミドリ安全帯電防止防寒着「男の冬に！」の袋を破る

３Ｌのズボンの裾をまるめ上げマタニティー用作業着とする

軍手にはピンクと黄色と青があり女性の数だけ置かれるピンク

へその緒を切られた後は父親の扶養家族の枠に入る子

本歌集を貫くテーマの一つにジェンダーの問題がある。一首目と二首目の作業着はあくまでも一例にすぎず、女性には働きがたい環境が他にもたくさん工場内に存在するようだ。たとえば三首目の女性はピンクが好きなはずという偏った見方も然《しか》り。そして法律と社会の仕組みも男性が中心になっていることを歌う四首目。

いずれの歌にも、だからどうした、どうすべきだという主義主張はない。現実を淡々と描き出すことに終始している。現実の中で、声を上げたいが声を上げられぬまま現実に従う自分を歌っている。が、そのような歌い方で、社会になんらかの問題を提起しようとしていることはけっこう強く伝わってくる。工場と家庭が舞台ではあるが、二つの枠を飛び出して、社会に向けて発信されている。

内線に「今は現場」とモーターの音にかぶせて叫んで返す

この歌をもって『工場』は終わる。工場に居ても、家庭に居ても、その他の場所に居ても、きっと奥村は「今は現場」と思っているような気がする。その思いが奥村の短歌の根底にあるはずだ。だから、いつになっても、どこにいても「今は現場」と叫び続けて欲しい。

あとがき

肉体を使い、目の前の具体的なものに対して仕事をしていくことへのあこがれがありました。縁あって得た職業はそのようなあこがれを満たしてくれるものでした。妊娠、出産、育児もまた、まさに肉体を使い、目の前の具体的なものに対して行うものでした。

肉体で向き合い、そしてそのまま消えてしまうその場その場の具体的なものを、短歌として残せたことはとても幸運でした。自分の五感だけでは記憶できなかった、世の中に対して自分が相対していた瞬間を短歌として残しておくことで、歌からその感覚を思い出すことができます。歌を読んでくださる方にその感覚を手渡すことができたり、またその方自身の感覚を思い出す手掛かりになればうれしいです。

肉体で自分以外のものと関わるとき、それは時空が限定され、今・目の前にあるものとなります。ここ数年の自分は今・目の前にあるものと向き合ってきたことが自分の作品を振り返ってよく分かりました。そうすることで得た素朴な満足感は自分を肯定してくれました。

これから先、自分は自分以外のものと具体的なものを通して関わり続けるのか、それとも直接的に相対しない、思考による関わりが増えていくのか、仕事や家族、そして社会環境で変わってくると思います。これから、どんなふうに自分以外と関わり、どんな作品を作ることができるのか、楽しみにしています。

心の花の佐佐木幸綱先生をはじめとした先生方、会員の皆様、いつも歌会を一緒にしてくださるインターネット歌会の皆様、とりわけ、温かく導いてくださった監修の藤島秀憲様に感謝をいたします。

奥村知世

■著者略歴

奥村知世（おくむら・ともよ）

2015年より短歌結社「心の花」に所属。
第29回歌壇賞次席。第2回群黎賞受賞。

Twitter @Leo_Tomoyo

「新鋭短歌シリーズ」ホームページ　http://www.shintanka.com/shin-ei/

新鋭短歌シリーズ54

工場

二〇二一年六月十日　第一刷発行

著　者　奥村知世
発行者　田島安江
発行所　株式会社　書肆侃侃房（しょしかんかんぼう）
〒八一〇 - 〇〇四一
福岡市中央区大名二 - 八 - 十八 - 五〇一
TEL：〇九二 - 七三五 - 二八〇二
FAX：〇九二 - 七三五 - 二七九二
http://www.kankanbou.com　info@kankanbou.com

監　修　藤島秀憲
装　丁　藤田　瞳
DTP　黒木留実
印刷・製本　株式会社西日本新聞印刷

ISBN978-4-86385-469-7　C0092